我們在租來的房子裡煮咖啡
煮無人知曉的山色與雲

——致時光

白露
龍青
White Dew

目錄

荒野之美

荒野的美，更需要月亮和骨頭
人和鼠奔跑在荒野裡
所為何事？
有那麼一刻
世事紛陳，所有奔跑中覓食之物
在月光下化為白銀

立春

雪融化了房子，融化了
一些舊書報
只有傢俱還在
山尖上的雪也還在

春天就在屋裡頭坐著
穿著桃花的衣裳和
散發著梨香的雪白裙子
好像做了一個夢
早晨醒來
妳已經不是妳

春夜外史

這麼靜，這麼黑
有花仍開著
彷若不開就死了，不開
就不會有人活著

雨水

讓她們離開。讓
水想她

做夢的時候我還活著
你來
並且微笑

後來就沒有聲音了
有人在哭，我死了

那麼熟練地
發芽，開出花來

暗啞之物

把這場梅雨刻成小魚
你的眼睛是貓
沿著骨的邊緣輕輕地咬

驚蟄

疲累日以繼夜
餓了，以彼此的舌頭充饑。
放下隱喻的骨塊
雷聲另有途徑
一些垮掉的深意
在年輕的路途上生長起來

丹青手

穿過窄小的過道之後
一切新奇了起來
「是蜜蜂落在花上的聲音吧？」
春日的丹青手拂過江面
這時綠枝上的鳥鳴
也是不忍再聽了

我用看雲的眼睛看你。

「和愛的人水草豐盛去」——這樣的早上，我擁有
草原和牛羊。

春分

那時臨街的窗子擦得雪亮
關於一棵樹，關於春天的暗處
那些依靠花開而活著的人們
那些小小的商家，書店，咖啡館：

花開得如此茂盛，我喜歡
或者它也是馬

在雨裡仍生長與奔跑
花瓣與花瓣相撞產生的回響
讓樹影接疊，讓萬物焦灼

直到花落下
整條街的咖啡館都熄了燈
這座城的地底，才湧出合唱

春深處

沒有窗戶，春天是座
不透風的小旅館
人們的眉目都悶在裡頭
睜著閉著瞪著瞧著瞅著

陽光匆匆
它和行客的腳步一樣
總在尋找
一間不在原址的店

桃夭

桃花開得慌亂
她並不能真正理解
以性命相抵的終點的意涵

清明

站著的人沒有影子
你說永晝很長
氣味有孔，往黑暗裡鑽

我們都是果
都愛吃煙
在下午飽足
你們看經書我不
我走路。你

垂下繩子
她在前面
一開
燈就亮了

最想做的事

妳最想做的事是什麼？
太陽來了微笑，風兒來了搖擺
什麼也不做。

割了吧這無用的聲帶

它明明是我的，卻

一直想說愛你

穀雨

挖坑，刨洞
在適合發芽的土裡
種下幾瓣桃花

閒下來的光線幽暗
屋子外頭，雨聲扁平
一位詩人譬喻它是小腳的女人
細碎，纏人。

「前方水草肥美

而我們沒有目的地」
濕意闌珊的巷底
雞蛋花正露出春天纖細的鎖骨

約會

體內有石頭
提刀的人
打碎成幾顆穀粒大小
拿給你看

你打坐
昏睡時是白菊花或者蝶
醒來你說，不走了
「有人用耳
有人用眼；有人用

非想非非想
浪漫。而我們的野百合用呼吸」

白菊花呼吸
蝴蝶呼吸
石頭，呼吸
黑夜無竟
凡有所相皆為虛妄——

呼吸，又是一生。

立夏

打烊的時間還早
可以坐下來，染指甲
或者挑燈
讓自己的長髮打濕
一幅畫

保持某種奇妙的凹陷
累了，就在戶外沙發上躺會
後來下了雨
醒來頭髮濕了

頭也暈了
真的要成仙。

渣

每天吃飯。洗碗盤
夜裡的水槽
總是浮起油渣
我想起我弟弟
一個自稱為渣渣的詩人

關於每天都在消失的
腰身以及體力
「射」與「失身」是
他愛用的詞語

更多時候
油渣和渣渣都是安靜的
他們都在努力適應這個社會

小滿

你的一輩子
我只要一會兒
足夠吃飯，足夠上床
足夠坐在你對面
看時間的麥粒飽滿
鳥往低處飛

如此計算時間真是件庸俗的事
我們不說話
夏天的歡喜正在萬物體內爆發——

芒種

春娘入倉，江水暴漲
我們在蛇尾
燃起艾草
將菖蒲插入門楣

總有什麼必得在正午前抵達
他從水而來終究覆水而去

新白蛇主義

修習十八般武藝
擇一善男子，給他養

情不能自抑，所以萬物蒼老。

新白蛇傳奇

一場繁體的雨，打在
問路的，那個北方嗓音上
走在前頭的書生如夢
初醒。交出方向和
手中的雨傘
讓她上了他的床

她用的胭脂是仙草牌的
她的酒器不盛雄黃

斷橋上的光線停留在南宋更早
現在境管局任職的法海發問：
修行已滿千年的那個小青
去了哪裡

夏至

六月生孩子
金閃閃的大太陽底下
爆出瓜果閃亮的漿

濃稠是一種紀錄方式
它讓你相信男人有子宮
也有輸卵的藤蔓
一捲一捲地
攀爬上七月的葡萄架

撕了那月亮，明晚只準你看我。

跟製冰機說話

很多時候
我跟我的製冰機
說話。說，親愛的撐著點
你引擎啟動的聲音
我知道
那是蛇，在瀕臨絕境時的吐信
可是我能為你做什麼
除了拔掉插頭休息片刻
我還是要等待你
在炎夏的工作日，用你的結晶

融化來客們的暑氣

這個夏天你已經維修過兩次了
師傅走時笑得有些尷尬：
換台新的吧。
換台新的吧
我蹲在你面前，好想哭

小暑

一

香氣漸漸深了，夏天
總有人深藏不出
也有人忍不住落草為寇

走在烈日下的人
強忍著剝開自己的衝動
他的病和夏天的香氣一樣
結滿了鹽

二

楊梅紅了。
鏡子與時間的縫隙裡
長出了新的樹根

整個早上她都在梳妝
鏡子映著她，也映著窗外
那口瘦瘦的池塘

三

日頭烈辣
蟬音貫穿人耳
從都城，到邊疆
人人手持荷花

殺人。

他騎風，似笑非笑

一隻蜻蜓倒立在荷葉上

大暑

總在寫字。影子
在燈下綠了又黃
火裡生水裡死
就這樣

一個勁說話
一個勁開放

立秋

現在我回來了
夏天，蟬
留在街道轉角的小公園裡
有人睡覺，電視開得很大聲
舊公寓裡住著的，都是
瀕老的人

人和人相罵，
嗓音變成了鬼
花還是開

沒月亮的時候
探頭出來喝水

開門的時候誰在哭
哀哀的
你說是蟬聲，但不是
屋子中間是桌子
再來是門
一些更深的顏色
正往深裡鑽

颱風天的樣子

骨頭是懶的
貓也是
只有雨發現了什麼
一顆碰壞的牙齒
顏色鮮豔的
你和葉子

所以需要想像。想像
是光腳丫踩過水窪
風在冒煙

雨一個勁說話
桌子下面你握了我的手
我們走進另一間屋子
讓颱風在颱風天
有該有的樣子

處暑

抱著鏡子回家時海水是藍的
屋子裡，陰影遮住了整個牆面
妳不斷聽到聲音
有些很久以前的事
愛，憂傷
身體的井底
秋天的魚在游
它們
不為任何人停留

除了愛你，我沒有任何想要說的了。

月光

床前的月光，是我
聽見最好的聲音
到過山裡的人都知道

這一切，並不妨礙公路
像樹木一樣生長
夜晚來時天會黑
人們點燈
光是透明的
沒穿衣服

一些微小的聲音透過來
蝙蝠向前飛
花正在開

碎了

往水裡走，沒有人
注意我

他們說話
他們唱歌
花開過了

另一半是夏天
水很冷
我在水裡向他們招手

沒有人看見我
輕輕一碰
輕輕一碰
就碎了

白露

餓了吃月亮
吃泡在水裡頭
越長越高的
荷花

水沒有了，就
吃自己的孩子

白露之後

立志做個臃腫的人
寫瘦小的詩

秋分

剛才還有人，現在
只剩下雨聲
走過的鞋子
沒幹完的活
都濕了

人們聚集後解散
一天，兩天，花就謝了
去做點什麼吧
把該幹的活幹完

雨這麼堅決
就這麼堅決
蝕透腐敗的內臟
笑著，罵著
說：我從不知道
害怕長什麼樣子

水草

所有的聲音
都在走動
很淺，整個夜裡
只剩下牆壁
想像有點窮
有些荒涼

停下來的時候
你不再哭了
水裡沒有路

溼漉漉的

你的眼睛是黑色的
我的也是
我們總是飄著
在風中戀愛
像那些死去的人
自己來，自己走開

寒露

日子越來越短
起風的時候
坐在街邊
很舒服。
對面房子裡的燈還沒有關
貓在走廊上跑
沒有光的地方
他們
尋找著我們

我們一直在路上

尋找讓自己安靜下來的力量

霜降一

其實沒有人走遠
沒有門，所以
爬牆也未見得自由

不如就喝酒
把月光當成個白臉的女人
讀一讀佛經，醒來
對著水
拱手與欠身

霜降二

白菜在夢裡追月亮
他等著夢醒，醒來
日子就甜了

生活

我用眼睛和你說話
偶爾不開燈
離開時
把瓶瓶罐罐擺好

我們都有被縫過的樣子
花很長時間瀝油
漂白抹布
然後一起被穿在針上
晚睡，早起

爐火總是燒得很旺
有人進來，坐下
我們站著或者彎腰
學會愛
學會讓坐下的人
微笑著離開

再也不能更壞了
天氣越來越冷
但到處都是溫暖的人
日復一日
我們用眼睛說話
在深夜關燈
穿上影子離開

練習一

相隔一段靜靜的距離
他們的目光穿越
又腥又鹹的海鮮市場
這裡的魚和所有詩句一樣
總試圖離開人群
重返海洋

練習二

那時故鄉隱藏於鄰座漢子滾燙的鄉音
車窗外是發了瘋的油菜花田
每一起伏都是燒紅的窯土
被架上夢境。

立冬

夜維持著它冷冽的樣子
我們維持著最好的距離
坐在各自的黑暗中

退意

牆壁上寫滿了字
你看。我不該把身體
丟在病房裡

小雪

無關睡著時
有沒有一場夢
一眨眼就醒了
一眨眼就化了

大雪

多孔，柔軟
疲倦和暗夜悄無聲息
張開以及進入
獸們隱密的活著
大雪來得不是時候
大雪來得正是時候

雪夜白描

大雪夜，無雪
打過霜的菜地旁一行小小的腳印
往河邊去了

月光銀白
水清淺的流動中
時間的眉角虛實相生
月光之外是圍牆
流水之側是橋墩
久不至的西岸野煙隱隱

竹林深處無人
幾瓣霜花斜著身子倚在菜梗上

冬至

冬天來得太早
現在，四週靜悄悄的
跌落地面的花瓣沾著晨露
鴿子和湖水在寒冷中相互觀望

屠城

見鬼殺鬼
見人殺人

死，在更多年前就被埋下了

鬼嘆氣
神嘆氣
南邊的果子有毒
北方的樹正被砍伐
沒有人發芽。

小寒

公寓門口的路燈壞了
巷子有點歪
她進不來

房子老，又濕
陽台上晾著的襯衫袖子好長
你說別哭好嗎
抱抱好嗎

好多好多水
從天上流下來。

實在沒有理由放開你，即使知道兩座島嶼的孤獨
是無從相擁的。

大寒

雲不見了
漸漸地，山也消失了
你沒注意到的聲響
正從小樹林裡傳來

山外有一個世界
山裡也有
它倒下來的時候
有些人點火
有些人唱歌

你的身體進入它的內部

所有的火都是錯覺，你
看到他們皺眉的樣子
接下來是眼睛
你正前往一個
說不出名字的地方
那裡，所有的杯子都盛滿雨水
為你點燃惡意的
或許是老人，或許是孩童

暮晚

世間的人已經走遠
晚風涼薄
只有樹影在山路上搖晃

再遠處，山崗起伏
歸巢的鳥雀低飛

留下來的人滿臉倦容
在亂石堆裡盤膝
他決定不再往前了

這時空氣低迷
不動聲色的荒草瘋跑
垂暮趨向更為空洞的深濃不測

流年

哭了一夜就走了
畢竟我們
只是在廊下躲雨
屋簷是別人的
燈光溫暖，也是別人的

屬於我：已褪紅的字聯和
正在剝落，又逐漸
形成另一種剝落的門扇
虛掩映照著時間的緩緩向前

這院落裡的人和樹
吃過的月光
仍在夜晚時發出沙沙的聲響
此刻開著的花
也是我們曾經吃下的。

雨聲前疾而後徐
流水沒有骨頭
這荒野的路上，看不到半個人

國家圖書館出版品預行編目（CIP）資料

白露 / 龍青著 . -- 初版 . -- 新北市 : 斑馬線 ,
2020.05
面； 公分

ISBN 978-986-98763-6-0(平裝)

863.51 109005730

白露

作　　者：龍　青
總 編 輯：施榮華
封面設計：黃景昱

發 行 人：張仰賢
社　　長：許　赫
出 版 者：斑馬線文庫有限公司
法律顧問：林仟雯律師

斑馬線文庫
通訊地址：235 新北市中和區景平路 101 號 2 樓
連絡電話：0922542983

製版印刷：龍虎電腦排版股份有限公司
出版日期：2020 年 5 月
ISBN：978-986-98763-6-0
定　　價：250 元